I0683935

LOUIS AUTIGEON & L. DOUREL-ROYDEL

PREFECTURE du MORBIHAN

-9 SEPT 190K

N°

L'Hypnotiseur

malgré lui

Pièce bouffe en un acte avec couplets

PARIS

C. JOUBERT, Éditeur, 25, rue d'Hauteville.

Répertoire de la Société Dramatique.

Tous droits de traduction, de reproduction et de représentation réservés pour tous pays.

C. JOUBERT, Editeur de Musique

PARIS. — 25, Rue d'Hauteville, 25 — PARIS

RÉPERTOIRE

DES OPERAS-COMIQUES ET OPERETTES EN UN ACTE

ABRÉVIATIONS : D. Veut dire du répertoire de la Société Dramatique, 8, rue Hippolyte Lebas. — Le surplus appartient au répertoire de la Société Lyrique, 10, rue Chaptal.
LOC. Veut dire : N'existe qu'en location.

Opéras-Comiques en un Acte

AUTEURS	TITRES DES ŒUVRES	Disque	Trombé	Prix nets	AUTEURS	TITRES DES ŒUVRES	Disque	Trombé	Prix nets
H. Salomon	Aumônier du Régiment (L') d	3	1	10 »	A. Turquet	Monsieur Pulcinella d		2	6 »
Samuel David	Bien d'Autrui (Le) d	2	1	8 »	P. Henrion	Moulin de Javelle (Le) d		2	2 »
L. Deffès	Bourguignonnes (Les) d			7 »	R. Planquette	Paille d'Avoine d		2	1 »
D. Bernicat	Cadets de Gascogne (Les)	troupe		7 »	Th. Dubois	Pain bis (Le) d			6 »
L. Deffès	Café du Roi (Le) d	1	2	7 »	De Ste-Croix	Rendez-vous galants (Les) d	troupe		10 »
R. Planquette	Chanson du Printemps (La) d	4	2	8 »	E. Boussagol	Sabre enchanté (Le) d			6 »
De Ste-Croix	Chevalier Gaston (Le) d	2	1	8 »	De Mortarieu	Saint-Nicolas (Le)		1	6 »
Ch. Grisart	Memnon d	troupe		6 »	Desgranges	Vieux Sorcier (Le) d	troupe		6 »

Opérettes de Théâtre et de Concert

AUTEURS	TITRES				AUTEURS	TITRES			
De Campisiano	Absalon		3	6 »	Sourilas	Dégralée d	3	3	5 »
F. Bernicat	Agence Rabourdin (L')		1	3 »	L. Lefèvre	Dernier verre (Le)	3		5 »
Japy	A huitaine			loc.	F. Barbier	Deux amours de chandeliers	1		5 »
G. Street	Amour en livrée (L')	3	1	5 »	Matz	Deux avares (Les) d	2		8 »
Desormes	Amour et l'appétit (L')	1	1	5 »	Ch. Hubans	Deux coqs vivaient en paix	2		5 »
Ch. Lecocq	Amour et son Carquois (L') d	3	13	6 »	F. Gracia	Deux estafiers (Les)	2		5 »
A. Petit	Amoureux d'Yvonne (Les) d	4		loc.	M. Chautagne	Deux musés (Les)	3		4 »
V. Roger	Amour Quinze-Vingt (L')	2		5 »	F. Barbier	Deux parfaits notaires (Les)	2		5 »
Desormes	Antoine et Cléopâtre d	1		5 »	Hervé-Lecocq	Deux portières pour un cordon d		1	6 »
Dorfeuil-Moreau	Après la vie de Bohème d	troupe		loc.	Moreau-Boucherat	Diable au Moulin		8	loc.
J. Emmecé	A qui le gosse ?	troupe		loc.	Saint-Maurice	Doubles Vierges (Les) d	troupe		loc.
M. Chautagne	Arracheuse de dents (L')		1	5 »	Moreau-Gramet	Dragon pour deux	3	2	loc.
Géraldy	Ascension du Mont-Blanc (L')		1	6 »	Sourilas	Drapeau jaune (Le) d	3	2	5 »
Oudot de Gorsse	Au Chat qui pelote d	troupe		loc.	J. Domère	École buissonnière (L')	3	1	4 »
Banès	Au Coq huppé	3	2	5 »	Ed. Lhuillier	Elle débute ce soir	1	1	5 »
Lebreton-Moreau	Au temps des cerises d	3		loc.	Dalaruelle	El senor Piffardino	1	1	6 »
Guérineau	Autour par amour	1		5 »	Marsay	En colonne d	troupe		loc.
Lebreton-Moreau	Autour d'une guérite d			loc.	Lebreton-Moreau	Enfant des halles (L') d	3		loc.
Henry Moreau	Avant le bal	1	1	5 »	Jallais-Hubans	Enlèvement des Sabines (L')	troupe		loc.
Deransart	Baigneur et nageuse	4	1	5 »	Lebreton-Duroc	Enragés d		4	loc.
Leserre	Barbe-Bleue			loc.	Villebichot	Entre deux jardins			loc.
Offenbach	Ba-ta-Clan d	troupe	7	8 »	Lebreton-Duroc	Entresol d'Eugène d	3		loc.
Wachs	Bibi ou l'Enfant de l'Amour	1		5 »	Banès	Escargot (L')	2		6 »
Moreau-Touzé	Belle mère, nouveau jeu	1	3	loc.	D. Dihau	Éternel roman (L')	1		5 »
Moreau-Gramet	Bougnol et Bougnol	1	3	loc.	F. Beauvallet	Faites le jeu, Messieurs d	1		loc.
Villebichot	Boum ! Servez chaud	3		5 »	Moreau-Gramet	Famille Nitouche (La) d		4	loc.
Hubans	Breland de bègues	2	1	5 »	Lebreton-Moreau	Farces du Printemps (Les) d	3		loc.
Banès	Cadiguette (La)	2		5 »	St-Agnan Choler	Faut du prestige (vaud) d	2		loc.
Javelot	Calino amoureux	1	2	5 »	Lebreton-Duroc	Faut que ç'casse la (L. à Baptiste)	2		loc.
Cellot	Canne d'un grand homme (La) d	2	2	loc.	Flers	Femina d	2		loc.
V. Herpin	Capricorne (Le)	troupe		loc.	Gh. Delorme	Femme de Valentino (La) d	1		loc.
F. Barbier	Carmagnole (La)	1	1	5 »	F. Chaudoir	Fête à Claudine (La)	1		5 »
Lebreton-Moreau	Carnaval conjugal (Le) d	9	9	loc.	E. Duhem	Fête à M. le Maire (La)	3		5 »
Chelu	Chambre à jouer	1	1	loc.	R. Planquette	Fiancé de Margot (Le) d	3		5 »
Guvillier	Chambre à part d	4		loc.	Javelot	Fiancés berrichons (Les)	3		5 »
Henry Moreau	Chambre de bonne d	troupe		loc.	Soulié	Fiancés du bonnet de coton (Les)	1		5 »
V. Roger	Chanson des Roses (La) d	4		loc.	L. Vasseur	Fichue idée d	2		loc.
P. Henrion	Chanteuse par amour (La) d	1	1	5 »	Liouville	Fièvre phylloxérique (La)	3	1	loc.
E. André	Chaos (Le)	1		loc.	Berthe	Fille du charpentier (La)	3	1	5 »
Moreau-Boucherat	Chasse royale	troupe		loc.	Lebreton-Moreau	Fille du marin (La) d	2		loc.
Lebreton-Moreau	Chasseurs Alpins (Les) d	5	6	loc.	Lebreton-Sudant	Filles de la Cantinière (Les) d	troupe		loc.
Cieutat	Chaste Suzanne (La) d	troupe	4	4 »	Lebreton-Moreau	Fils à Papa (Le) d	2		loc.
Meynard	Chez le dentiste	1		8 »	Chaufleur et Hautalle	Fils de M. Alphonse (Le) (vaud) d	troupe		loc.
Lhuillier	Chez les Corniquets	1	1	4 »	Duroc-Maillat	Five O'Clock de la Baronne	7	2	loc.
C. Rosenquest	Chicard et l'Ébé	1		4 »	Villebichot	Fleuriste et typographe	1		5 »
Bonnier	Chien et Chat d	1	3	5 »	Divers	Françoise et les bas bleus d	troupe		loc.
Moreau-Gramet	Cinq contre un	3		loc.	Divers	Fantrognon d	8	11	loc.
Villebichot	Cirque Ponger's (Le)	troupe	6	loc.	Lebreton-Moreau	Frère de lait (Le) d	2		loc.
L. Collin	Coco Bel-Œil	1		6 »	Garin-Tomy	Friper's and Cᵒ d	troupe		loc.
A. Petit	Cocotte et chiffonnier	1	1	5 »	Lebreton-Moreau	Friquet d	3	7	loc.
Villemer / Delormel / Péricaud	Colosses de Rhodes (Le)	3		4 »	Cieutat	Furet (Le)	3		4 »
					Moreau-Touzé	Gai gai mariez-vous d	4	1	loc.
					Divers	Gavroche et Loup de mer	1		loc.
A. Petit	Confection pour dames	2	4	5 »	Leiort	Grand papa de la chanson (Le) d	1	1	3 »
Lebreton-Moreau	Conscrits bretons (Les) d	4		loc.	Lebreton-Bialrat	Grenouille (La) d	3		loc.
L. Collin	Conscrit tyrolien (Le)	3	1	3 »	M. Brisac	Guerre aux hommes (La) d	3		5 »
Lebreton-Moreau	Côte et Cocottes	1	1	4 »	Lebreton-Moreau	Héritière de Carapatte (L') d		5	loc.
De Roze et d'Arsay	Culotte du marié (scène) (La)	2	1	5 »	Villebichot	Hirondelles de la rue (Les) d	3	3	loc.
Lebreton-Moreau	Dans cent ans d	2	11	loc.	Lebreton-Duroc	Hôtel d'Artistes	troupe	»	loc.

L'HYPNOTISEUR MALGRÉ LUI

4° Yth
6607

LOUIS AUTIGEON & L. DOUREL-ROYDEL

L'Hypnotiseur

malgré lui

Pièce bouffe en un acte avec couplets

PARIS

C. JOUBERT, Éditeur, 25, rue d'Hauteville.

Répertoire de la Société Dramatique.

Tous droits de traduction, de reproduction et de représentation réservés pour tous pays.

A M. PELEGRIN

Directeur du Casino de Toulon

HOMMAGE DES AUTEURS RECONNAISSANTS

DES MÊMES AUTEURS

Poste Restante, 222

L'HYPNOTISEUR MALGRÉ LUI

Pièce bouffe en un acte avec couplets

Par MM. LOUIS AUTIGEON & L. DOUREL-ROYDEL

PERSONNAGES

BIDOIT, *brosseur*.	MM. Augé.
PINTADE.	Duprat.
LE CAPITAINE.	Sarry.
Mᵐᵉ PINTADE.	Mᵐᵉˢ Révélia.
JUSTINE.	Bl. Lainé.

La scène représente un salon, à droite et à gauche portes de communication, 1ᵉʳ plan gauche un guéridon et 2ᵉ chaises ; 1ᵉʳ plan droite un canapé, au fond une cheminée, à côté de la cheminée un balai, sur le canapé un plumeau, au fond à gauche,, chaises, etc.,

SCÈNE PREMIÈRE

Mise en scène

M. P. (1) Mᵐᵉ P. (2)

M. *et* Mᵐᵉ Pintade.

PINTADE

Eh bien, Madame Pintade, nous allons donc voir notre fils, il va venir passer quelques jours auprès de nous.

Mᵐᵉ PINTADE

Ah ! j'en suis toute joyeuse, car depuis que Gaston est capitaine, il n'est pas venu embrasser sa mère.

PINTADE

Ce n'est pas sa faute, après tout, c'est la loi militaire, je me souviens moi : quand j'étais au régiment...

Mᵐᵉ PINTADE

Vous ? quand vous étiez, quand vous étiez...

PINTADE

Quand j'étais au régiment et vous savez que j'étais au régiment, puisque je vous ai épousée la veille de passer capitaine ; eh bien, je faisais comme les camarades, je me passais de bien des choses.

Mᵐᵉ PINTADE, *se levant.*

Oui, mais, vous, vous n'aviez pas une mère qui vous attendait...

PINTADE

Scrognognieu est-ce que vous vous figurez que je suis venu au monde par l'opération du Saint-Esprit !

Mᵐᵉ PINTADE

Oh !... Je ne dis pas cela... et puis, tenez, vous m'agacez avec votre façon d'envisager les choses.

PINTADE

Envisager, envisager...

Mᵐᵉ PINTADE

Oui, nous ferions mieux de nous occuper de préparer ce qu'il faut pour recevoir Gaston.

PINTADE

Soit. Mais cela n'empêche pas que lorsque j'étais au régiment....

Mise en scène

Mᵐᵉ P. (1) M. P. (2)

Mᵐᵉ PINTADE

Vous m'énervez... allez donc au café, prendre votre absinthe : ça vaudra beaucoup mieux.

PINTADE

On dirait que ça vous ennuie que j'aille au café prendre mon absinthe ?

Mᵐᵉ Pintade

Au contraire, puisque je vous y envoie !

Pintade

Vous m'y envoyez, pour ne pas que je vous dise, que lorsque j'étais au régiment...

Mᵐᵉ Pintade

Eh oui, c'est entendu là. Quand vous étiez au régiment, vous.... vous deviez être joliment canulant.

Pintade, *remontant.*

C'est bien, je pars... mais pas sans vous avoir dit que quand j'étais au régiment...

Mᵐᵉ Pintade

Mais, allez donc, allez donc !

Pintade, *au public.*

Au café, je raconterai cela à un consommateur ou à la caissière ! (*Il sort par le fond*).

SCÈNE II

Mᵐᵉ Pintade, *seule.*

Oh ! quel crampon ! Certes, mon mari est brave, honnête, mais c'est le type du vieux militaire, toujours à ronchonner. Heureusement, aujourd'hui, j'attends mon fils Gaston, cela va me distraire. Voilà bientôt un an que je ne l'ai vu, et s'il n'avait pas eu un changement de corps, je ne sais quand j'aurais eu ce plaisir... Voyons, assurons-nous si tout est prêt. (*Appelant*). Justine ! Justine !

SCÈNE III

Mᵐᵉ Pintade, Justine.

Mise en scène.

Mᵐᵉ P. (1) J. (2).

Justine, *arrivant, de droite.*

Voilà, Madame, voilà.

Mᵐᵉ Pintade

Justine, avez-vous préparé la chambre de mon fils ?

Justine

Oui, Madame.

Mᵐᵉ Pintade

Il ne manque rien ?

Justine

Non, Madame.

Mᵐᵉ Pintade

Non, Madame ; oui, Madame. Je vais m'en assurer, moi-même ! (*Elle sort, à droite*).

SCÈNE IV

Justine, *seule.*

Elle va s'en assurer, en voilà une vieille bassinoire, elle est toujours sur mes talons, Justine par-ci, Justine par-là. Justine avez-vous fait ceci ? Justine avez-vous fait cela ? Ah ! si la maison n'était pas bonne et si le patron n'était pas gentil avec moi ; mais il est si bon, Monsieur... ce que je te l'enverrais promener sa femme. Ah ! pour sûr, ça ne ferait pas long feu ! (*On sonne*). Ah ! c'est sans doute le capitaine. (*Elle va ouvrir*).

SCÈNE V

Justine, Bidoit.

Bidoit, *sur le seuil de la porte, avec une valise et des paquets.*

Pardon, l'excuse. M. et Mᵐᵉ Pintade, s.v.p. ?

Justine

C'est ici, que désirez-vous ?

Bidoit

Moi, rien...

Justine

Comment ! rien ?

Bidoit

Ou plutôt, si. M. et Mᵐᵉ Pintade, s. v. p. ?

Justine

Puisque je vous dis que c'est ici !

Bidoit

Vous en êtes bien sûre ?

Justine

Mais, certainement : en voilà une question. (*A part*). C'est un idiot ! (*Haut*). Je suis leur femme de chambre.

Bidoit

Ils ont une femme dans leur chambre ?... Nous en manquons à la chambrée !

JUSTINE

La bonne à tout faire si vous aimez mieux.

BIDOIT

Une bonne à tout faire ! C'est ça qui ferait mon affaire ! Alors, j'entre ; vous permettez ! (*Il pose ses paquets et sa valise sur le canapé*).

Mise en scène

B. (1) J. (2)

JUSTINE

Pas sur le canapé, ces bagages sont pleins de poussière, ça va tout salir.

BIDOIT

Il n'y a pas de danger. Ce n'est pas de la poussière, c'est le charbon du chemin de fer !

JUSTINE

Voyons, expliquez-moi ?

BIDOIT

Mon Dieu c'est bien simple, quand je dis que c'est simple, c'est une façon de dire... c'est simple. Parce que, voyez-vous, y a des gens qui disent c'est bien simple, comme ils diraient mon cœur !

JUSTINE

Ah çà ! dites-donc, vous fichez-vous de moi ?

BIDOIT

Moi ? pour qui que vous me prenez ?

JUSTINE

Alors expliquez-vous, plus clairement et rapidement.

BIDOIT

Eh bien, voilà, mon capitaine qu'est mon supérieur, vu que je suis son inférieur, m'a pris pour brosseur, et vous savez bien pour être brosseur, il faut savoir brosser.

JUSTINE

Naturellement. Après ? après ? (*Elle tape des pieds*).

BIDOIT

Vous avez froid aux pieds, faut porter des genoux de bouc, ça vous tiendra chaud.

JUSTINE

Vous savez que vous m'agacez.

BIDOIT

Eh bien, vous avez tort, mon brosseur dont je suis le capitaine, non... mon capitaine dont je suis le brosseur m'a quitté à la gare et m'a dit : « Mon cher Bidoit, (car faut vous dire que je m'appelle Bidoit, Eustache Bidoit), va chez mon père M. Pintade, rue de l'Estoufette 21, tu annonceras mon arrivée », et me voilà.

JUSTINE

C'est pour me dire ça que vous m'avez fait poser aussi longtemps.

BIDOIT

Oh ! mam'zelle, moi, vous faire poser ? jamais de la vie ! Vu que je n'ai jamais fait poser les femmes, ce sont elles plutôt qui m'ont fait poser ! Ainsi y a trois ans que je pose pour Catherine ma payse et j'en ai encore pour 789 jours.

JUSTINE, *se moquant*.

Pauvre garçon ! — Attendez, je vais prévenir madame (*elle sort à droite*).

SCÈNE VI

Bidoit, *seul.*

Elle est bonne celle-là... pas la bonne qui vient de sortir, non la blague ; mon capitaine m'a lâché, je sais pourquoi, pour aller voir un célèbre docteur qui fait de la magnésie, un docteur qui fait dormir les gens et comme mon capitaine s'amuse à endormir sa connaissance, car faut vous dire qu'il a une connaissance, il en a même plusieurs, il est allé voir le fameux docteur pour causer un peu des sciences de magnésie. C'est drôle qu'il y a des gens qui savent endormir les autres, moi, ça me fait toujours rigoler. Surtout quand mon capitaine fait manger des carottes à sa connaissance et qu'elle croit qu'elle mange des abricots : tenez l'autre jour, il l'avait endormie et lui a singéré qu'elle était au bain ! Alors, elle s'est déshabillée... ce que j'ai rigolé, je me tenais les côtes !... Ah ! c'était beau ce spectacle !... seulement, j'ai éclaté de rire en voyant ça par le trou de la serrure et mon capitaine m'a flanqué son pied, juste au-dessous de la ceinture de mon pantalon !

SCÈNE VII

Bidoit, Mme Pintade.

Mise en scène

B. (1) Mme P. (2)

Mme PINTADE, *venant de droite.*

C'est vous qui venez de la part du capitaine ?

BIDOIT

Oui, Madame, c'est moi... Bidoit, Eustache Bidoit, brosseur de mon capitaine... Est-ce à Madame Pintade que j'ai l'honneur ?...

Mme PINTADE

Oui, moi-même ?

BIDOIT, *lui tendant la main.*

Enchanté, Madame Pintade, de faire votre connaissance.

Mme PINTADE, *avec un geste.*

Tenez vos distances !... Alors, c'est vous qui !...

BIDOIT

Qui brosse le capitaine, oui, Madame, je le brosse et je le rebrosse... Je me brosse aussi, souvent !

Mme PINTADE

Et mon fils, où est-il ?

BIDOIT

Il va venir, il m'a envoyé pour vous dire qu'il allait venir, en venant, il sera arrivé et.....

Mme PINTADE

Avez-vous mangé ! avez-vous besoin de quelque chose ?

BIDOIT

Mon Dieu, j'aurai besoin de cent sous !

Mme PINTADE

Non, ce n'est pas ça que je veux dire. Voulez-vous prendre quelque chose ?

BIDOIT

Je vous remercie, j'ai déjà pris le train ce matin et je suis fatigué.

Mme PINTADE, *à part.*

Il est timide... (*Haut*) Voyons, mon ami, avez-vous fait un bon voyage ? Êtes-vous content ?

BIDOIT

J'vas vous dire, je suis content sans être content, parce que, voyez-vous, Madame, on a beau dire, c'est joli d'voir du pays, mais pour moi, c'est encore plus joli de voir sa payse.

Mme PINTADE

Je ne vous demande pas ça ! Enfin puisque vous êtes là, mon fils ne peut tarder d'arriver.

BIDOIT

Ça dépend, vous savez, Madame, on ne sait jamais, on se figure des fois qu'on va arriver et puis crac on n'arrive jamais.

Mme PINTADE

Comment ?

BIDOIT

Ainsi tenez, moi, quand j'arrivais au régiment, je me disais je veux être caporal, et ben j'ai jamais pu, il est vrai que je suis brosseur, mais enfin, c'est pas la même chose.

Mme PINTADE

Voyons, nous sommes là à bavarder, je ferai peut-être mieux d'aller au café prévenir mon mari que son fils est arrivé. Attendez-moi, mon garçon et si Gaston arrive pendant ce temps, dites-lui, que je suis allé prévenir Monsieur Pintade. Vous m'avez bien compris ?

BIDOIT

Oh oui ! Madame Pintade, je ne suis pas dur à la détente...

Mme PINTADE, *en remontant.*

Voilà un drôle de brosseur !

(*Elle sort par le fond*).

SCÈNE VIII

Bidoit, *seul.*

Elle a une bonne tête, Madame Pintade, mais elle ne paraît pas bien intelligente ; elle me fait répéter deux fois la même chose ; c'est égal il a de la veine, mon capitaine, de se trouver au sein de sa famille. Je voudrais bien y être moi aussi.

AIR : *Ça vous fait tout d'même quelque chose.*

Pour être là-bas, dans mon pays,
J' donnerai bien ma culotte et ma veste
Pour voir mes parents, mes amis,
J' crois même que je donn'rai le reste.

Y a pas à dire, c'est du guignon :
De rester comm' derrièr' un' grille,
Sans obtenir de permission
Pour s'en aller voir sa famille.
Pour aller embrasser papa
Maman et ma cousine Rose,
Je vous le dis, foi de soldat,
Je donnerai bien quelque chose !

(Parlé) Mais voilà, j'en ai encore pour 2 ans 3 mois et 29 jours. Quel guignon et avec ça je voyage, je change de corps... J'en ai même aux pieds des cors, ils voyagent aussi, car il y a 8 jours j'en avais un au pied droit et par file à droite... il a passé au pied gauche.

SCÈNE IX

Bidoit, le Capitaine.

Mise en scène.

B. (1) C. (2)

LE CAPITAINE, *entrant du fond.*

Ah ! te voilà, eh bien ! as-tu vu mes parents ?

BIDOIT

Je les ai vus, sans les voir, je vas vous dire.

CAPITAINE

Quoi ? Imbécile.

BIDOIT

J'ai vu Madame votre mère ; quant à votre père, je n'ai pas encore eu l'honneur de...

CAPITAINE

Tu as vu ma mère et où est-elle ?

BIDOIT

Mon capitaine, elle est allée à la caserne.

CAPITAINE

Comment ! A la caserne ?

BIDOIT

C'est-à-dire, non, elle est allée au café, chercher Monsieur votre père, ils vont venir.

CAPITAINE

Je vais,... *(fausse sortie).*

BIDOIT

C'est pas la peine de vous déranger.

CAPITAINE

Pourquoi cela ?

BIDOIT

Madame votre mère a dit que vous l'attendiez.

CAPITAINE

Soit ! attendons ! *(Il va s'asseoir à droite).*

BIDOIT

Pardon ! mon capitaine !... *(Il hésite).*

CAPITAINE

Que veux-tu ?

BIDOIT, *saluant.*

Moi ? rien !...

CAPITAINE

Eh bien ?

BIDOIT, *hésitant.*

Mon capitaine vient de chez son docteur en magnésie ?

CAPITAINE

Comment en magnésie... en magnétisme, idiot. Ensuite ?

BIDOIT

Magnésie ou magn... comme vous dites, ça n'a pas d'importance. Il a dû être content de voir mon capitaine.

CAPITAINE

Il m'a dit, mon cher Bidoit, que si je trouvais un sujet, de le lui amener, et qu'il me montrerait des passes magnétiques que je ne connais pas encore.

BIDOIT

Ah bah !

CAPITAINE

Aussi à la première occasion...

BIDOIT

Ça va vous gêner puisque votre connaissance, non je veux dire votre payse.. non votre bonne amie, elle est restée là-bas.

CAPITAINE

Aussi, vais-je, la faire venir à moins que d'ici là je trouve un autre sujet.

BIDOIT

Ça c'est pas facile. Vous avez déjà essayé sur moi, ça n'a pas pris.

CAPITAINE

En effet !

SCÈNE X

LES MÊMES, Justine.

Mise en scène

B. (1) C. (2) J. (3).

JUSTINE

Pardon, Messieurs, si je vous dérange...

CAPITAINE

Mais, non, mon enfant, entrez !

BIDOIT

Mais, non, notre enfant, entrez !

CAPITAINE

Eh bien, Bidoit ?

BIDOIT

Je vous demande pardon, mon capitaine !

CAPITAINE

Approchez ma belle. Comment vous nomme-t-on ?

JUSTINE

Justine !

CAPITAINE

Et vous êtes la bonne de mes parents ?

JUSTINE

Oui, Monsieur.

CAPITAINE

Eh bien, que désirez-vous ?

JUSTINE

Je venais pour demander les ordres de Madame pour le dîner ?

CAPITAINE

Mais, regardez-moi ! (*A part*) Oui, c'est cela, c'est bien un sujet... si j'essayais... n'ayez pas peur. . regardez-moi encore.

JUSTINE, *ahurie.*

Qu'a-t-il donc ?
(*Le capitaine la regarde fixement lui tenant les mains et il l'endort*).

CAPITAINE

Bidoit !... j'en ai un sujet, tiens, vois ! (*Justine reste immobile, les yeux fixes*)... Attends, je vais essayer. Marchez ! (*Justine fait quelques pas*) Arrêtez ! (*Elle s'arrête*) Dansez ! (*Justine danse*).

BIDOIT

Ah ! ça, c'est épatant !

Mise en scène

B. (1) J. (2) C. (3)

CAPITAINE

Bidoit... mets-toi là... (*à Justine*) Et maintenant, faites une déclaration à Monsieur.

JUSTINE, *automatiquement.*

Enfin, te voilà !

BIDOIT

Oui, je suis là ! Ça c'est vrai !

JUSTINE, *automatiquement.*

Je te retrouves, comme tu es beau !

BIDOIT, *se campant.*

C'est pas la première fois qu'on me le dit...

JUSTINE

Comme, tu es beau ! (*Elle cajole Bidoit qui se contorsionne*) tu sais que je t'aime.

BIDOIT

Ah bah !

JUSTINE

Embrasse-moi...

BIDOIT

Faut-y, mon capitaine ?

CAPITAINE

Oui !...

BIDOIT

Allons-y !

JUSTINE, *poussant un soupir.*

Ah ! refais-le me le.

BIDOIT, *au capitaine.*

Je le refais-le ! (*Le capitaine fait signe que oui.*)

JUSTINE, *le prenant par la main.*

Ah ! viens, mon chéri ! Viens, avec moi. (*Elle l'entraîne*).

CAPITAINE

Mise en scène

B. (1) C. (2) J. (3).

Arrêtez !... Bidoit !... Voilà, mon sujet, je vais chez mon ami le docteur lui annoncer cette bonne nouvelle.

BIDOIT

Vous pourrez dire cette nouvelle bonne.

CAPITAINE

Ecoute, je vais la réveiller et lui commander quelque chose, si elle l'exécute, tu resteras ici et tu diras à mes parents que je l'ai envoyé, faire une course... et que je vais revenir.

BIDOIT

Compris, mon capitaine.

CAPITAINE, *remontant à Justine*.

Je vais vous réveiller et dans cinq minutes vous viendrez me retrouver chez le docteur Potassard, rue des Alouettes, 10, au 2ᵉ étage. Vous m'avez compris ?

JUSTINE

Oui, Monsieur ?

LE CAPITAINE, *la réveille*.

Je tiens un sujet merveilleux, je suis content.   (*Il sort par le fond.*)

SCÈNE XI

Justine, Bidoit.

Mise en scène

B. (1) J. (2)

JUSTINE, *se frottant les yeux*.

C'est drôle, on dirait que j'ai dormi... Où est donc le capitaine ?

BIDOIT

Il est parti ! (*A part*). Voyons, si elle va se rappeler de ce qu'elle m'a dit ! (*Haut*). Dites-moi, Mam'zelle, avez-vous-t-y jamais aimé ?

JUSTINE

Pour qui me prenez-vous ?

BIDOIT

Oh ! je vous dis ça ; c'est une façon de dire quelque chose.

JUSTINE

Eh bien ! tâchez de ne plus vous tromper, je suis une fille honnête...

BIDOIT, *à part*.

Tu la connais, on dit toujours çà ! (*Haut*.) Ah bah, mais, alors ?...

JUSTINE

Quoi ?

BIDOIT

Si j'osais !!! Eh bien! Mam'zelle Justine, si vous vouliez me laisser vous dire ce que j'ai là sur le cœur, car faut vous dire que, depuis que je vous ai vue, je brûle d'un sentiment incandescent et inflammatoire, et si vous permettez...

JUSTINE

Si je permettais ?

BIDOIT

Je vous prendrai un baiser.

(*Au moment où il va pour l'embrasser, elle le gifle. Bidoit fait une pirouette et au moment où il va pour lui causer, elle fait des gestes désordonnés, se rendort et marche automatiquement vers la porte du fond et sort. Bidoit reste ahuri.*)

SCÈNE XII

Bidoit, *seul*.

Ça, c'est épatant !... c'est curieux, a-t-on jamais vu un truc pareil, la voilà partie. Ah ! ben, pour un sujet, c'est un sujet. C'est égal, mon capitaine a eu tort de l'arrêter quand tout à l'heure elle m'embrassait, ça allait bien, ça aurait pu aller même mieux. Enfin puisque c'est une étude de magnésie, ça ne me regarde pas.

SCÈNE XIII

Bidoit, Monsieur et Madame Pintade.

Mᵐᵉ PINTADE, *entrant*.

Ah ! Monsieur Pintade, comme vous êtes long à venir.

BIDOIT, *au public*.

Tiens ! voici les Pintade.

PINTADE, *entrant*.

Que diable, le feu n'est pas à la maison !

Mᵐᵉ PINTADE, *à Bidoit*.

Mon fils, est-il arrivé cette fois ?

BIDOIT

Je vas vous dire, Madame, il est venu, et puis il est ressorti.

PINTADE

Tu vois bien que ce n'était pas la peine de courir aussi vite.

Mme PINTADE

Toi, tais-toi, tu ne sais pas ce que tu dis !

BIDOIT, à part.

Elle n'a pas l'air commode Madame Girafle !

Mme PINTADE, appelant.

Justine ! Justine !

BIDOIT

Voilà !.. c'est-à-dire... non ! Pardon, Madame, je vais vous dire...

Mme PINTADE

Quoi, encore ?

PINTADE

Voyons chère amie, ne brusque pas ce garçon-là ! Quand j'étais au régiment...

Mme PINTADE

En voilà assez avec votre régiment !... Voyons, mon garçon parle ?

BIDOIT

Eh bien, mon capitaine est venu, il a vu votre bonne et il l'a envoyé faire une course.. très loin !

PINTADE

Tu vois ?

Mme PINTADE

Il l'a envoyé faire une course, eh bien et le ménage, le salon qui n'est pas fait... mais, au fait, toi mon garçon, en attendant ton capitaine, tu vas te mettre à l'ouvrage, tu sais balayer et épousseter.

BIDOIT, à part, très ennuyé.

Comment, elle va me faire faire le ménage. Ah ! ben zut, alors !

PINTADE

Tu pourrais attendre le retour de Justine et laisser ce garçon-là tranquille. Ainsi moi, quand j'étais au régiment...

Mme PINTADE

Vous m'agacez, je sais ce que j'ai à faire ! (A Bidoit). Tu as compris, mon garçon, voici le balai, allons houste et voici un tablier.

BIDOIT

Ah ! ben celle-là elle est mauvaise ! (Il prend le balai et balaye en ronchonnant). Si jamais je vais chez d'autres Pintades, je me méflerai !

Mme PINTADE

Et vous, Monsieur Pintade, venez-là vous asseoir, nous allons faire un petit bésigue, en attendant le retour de Gaston.

PINTADE

Soit, mais à une condition, c'est que tu ne crieras pas comme une baleine si tu perds.

Mme PINTADE

Est-ce que j'ai l'habitude de crier ?

BIDOIT, à part.

Quel sale caractère ! Ce n'est pas une pintade, c'est une oie !

Mme PINTADE

Allons, venez ! (Ils s'asseyent à un guéridon, à droite et commencent à jouer).

BIDOIT, balayant sous le canapé.

Eh ben, elle est forte celle-là, j'étais le brosseur du capitaine, et quand j'ai pris et accepté la place je ne me suis pas engagé pour brosser toute sa famille, c'est dégoûtant ! (Il s'arrête) Heureusement, il y a la petite bonbonne, et j'aurai peut-être une compensation ; c'est drôle tout de même qu'elle se laisse endormir comme ça ! (Il s'assied dans le canapé, le balai à la main).

Mme PINTADE, à Bidoit.

Eh ben ? ne vous gênez plus !

BIDOIT, se levant.

Oh ! pardon, Madame, mais, je me livrais à des réfléchissures !

Mme PINTADE

Dépêche-toi, tu réfléchiras après !

BIDOIT

Bien, Madame. (A part) Oh ! là ! là ! là ! ce qu'elle est rasante, cette femme-là !

PINTADE

Tu as tort de brusquer ce garçon, ainsi moi quand j'étais...

Mme P<small>INTADE</small>

Taisez-vous et coupez... à moi, à donner les cartes.

B<small>IDOIT</small>, à part.

Plus j'y pense et plus elle me frappe cette façon d'endormir, je voudrais bien être comme mon capitaine, il est vrai que j'ai jamais essayé.

Mme P<small>INTADE</small>

Atout !

P<small>INTADE</small>

Pardon, je prends et 500.

Mme P<small>INTADE</small>

Tu triches !

P<small>INTADE</small>

Madame, vous avez de la chance d'être une femme, si on m'avait dit ça quand j'étais au régiment...

Mme P<small>INTADE</small>

Assez !

B<small>IDOIT</small>, à part.

Il y tient au régiment, c'est pas comme moi !

Mme P<small>INTADE</small>

Recommençons.

B<small>IDOIT</small>

Oh ! quelle idée, si j'essayais d'endormir les vieux, c'est peut-être pas difficile. (*Il s'approche et fait des gestes comiques, il endort les deux vieux qui cessent de jouer dans des poses comiques. Étonné, à lui-même*). Ça y est ! je suis magnatoiseur ! (*Descendant en scène*). Qu'est ce que je pourrais leur faire faire. Ah ! attends un peu, toi la veille, t'as voulu me faire balayer... à mon tour ! (*Il commande*) Madame Pintade, je vous ordonne de prendre ce balai et de balayer ! (*Mise en scène Mme P. (1) P. (2) B. (3). (Mme Pintade se lève et exécute les ordres*). Quant à toi, vieil oiseau de basse-cour, tu vas épousseter, va prendre ce plumeau (*Pintade se lève et fait comme sa femme*). Et dégrouillez un peu à présent !... Y a pas à dire, ça c'est épatant... Ça m'a donné soif et je vais aller boire à la cuisine. Au fait pourquoi donc irais-je... approche ici toi, le vieux... (*Pintade s'approche*) Va, me chercher à boire. (*Pintade s'approche*). *Mise en scène, Mme P. (1) B. (2).* Et toi, la mère Machin... chantez quelque chose !

Mme P<small>INTADE</small>

A<small>IR</small> : *La valse des pruneaux.*

Les premiers temps de notre mariage,
Nous avions pris une bonne fort bien,
Oui, mais, hélas, la petite sauvage
Se prit d'amour pour un beau musicien
Il accourait pour la voir en sourdine
Et lui jouer des airs vraiment nouveaux !
Je sus plus tard, qu'un soir dans ma cuisine,
Il composa la valse des fourneaux !
(*Elle imite le trombonne avec son balai*).

2

Voici, comment, je découvris la chose
Par un gigot qui venait de brûler
Dans la cuisine, en allant trouver Rose,
Je les surpris tous deux à rigoler,
Pardon, dit-il, c'est la faute à la flamme
De nos deux cœurs et de nos deux cerveaux,
Et je dédie à Monsieur, à Madame,
En souvenir, la valse des fourneaux !
(*Même jeu*).

(*Après la chanson le père Pintade apporte à boire*).

Mise en scène.

Mme P. (1) B. (2) P. (3).

B<small>IDOIT</small>

La dédicace était bien méritée, vieux fourneaux !.. Ah ! voilà le père Pintade... Le Coq, (*il prend le verre*). Merci, et continuez le nettoyage et dégrouillez-vous ! (*en disant ça, il fait un geste de commandement et renverse le contenu du verre et reste ahuri, à part*). Mais, que je suis bête, mon capitaine est tout à ses expériences, il en a pour longtemps, si je mangeais quelque chose... Garde à vous ! Oh ! faut-il que j'en aie une couche, je me croyais encore à la caserne. — Approchez ici, les vieux... (*Il se met devant eux*). Allez à la cuisine, me chercher de quoi manger, allez houste et dépêchez-vous ! (*M. et Mme Pintade sortent*). Ça c'est épatant, je vais me refaire l'estomac et après nous verrons. (*M. et Mme Pintade apportant une table toute servie — Bidoit s'asseoit M. et Mme Pintade se placent automatique de chaque côté. — Bidoit mangeant*). Versez-moi à boire, coupez-moi du pain, essuyez-moi les lèvres(*M. et Mme Pintade exécutent les ordres*). Ah ! dites-moi, je m'ennuie tout seul ; vous, la vieille la poupoule ! faites-moi la lecture !

Mme P<small>INTADE</small>, prenant un journal sur la table.

« Avant hier au soir, un accident terrible a eu lieu à la foire : une baraque foraine s'est effondrée sur un enfant, qui est devenu sourd à la suite de cet éboulement de pain d'épice ! »

BIDOIT

Ça, ça m'est bien égal ! Et vous, le vieux, dansez-moi quelque chose. *(Pintade fait la danse du ventre).* Halte ! continuez, la vieille !

Mᵐᵉ PINTADE, *lisant.*

« Hier un professeur de magnétisme en faisant des expériences a endormi son sujet, mais quand il voulut le réveiller, soit qu'il manquât de fluide, soit pour un tout autre motif, le sujet est resté endormi, et dort depuis 36 heures. Impossible de le réveiller. — On craint pour ses jours. »
(Pendant cette lecture Bidoit a cessé de manger et a suivi l'histoire en faisant une tête comique).

BIDOIT, *terrifié.*

Mais, si cette chose m'arrivait, à moi ! que deviendrai-je ? *(Il porte la table au fond).* Voyons, je vais essayer de les réveiller. . Réveillez-vous ! *(Monsieur et Madame Pintade ne bougent plus).* Réveillez-vous, mais réveillez-vous donc ! *(Il les secoue).* O ces sales moineaux ! ça y est ! mais alors je suis un assassin sans le vouloir... grâce ! grâce ! *(Il se traîne à genoux, il leur embrasse les mains et pleure en criant toujours).* Réveillez-vous ! c'était pour rire ! Réveillez-vous ! *(Monsieur et Madame Pintade restent immobiles).*

SCÈNE XIV

LES MÊMES, **Justine.**

Mise en scène.

Mᵐᵉ P. (1) J. (2) B. (3) P. (4).

JUSTINE, *entrant par le fond.*

Qu'y a-t-il donc ?

BIDOIT

Ce qu'il y a... regardez !

JUSTINE, *surprise.*

Eh bien ! quoi ?...

BIDOIT

Vous ne voyez pas !... Les Pintades. vos maîtres, qui se sont changés en statues !

JUSTINE

Madame ?... Monsieur ?... Ils ne répondent pas... Ils sont morts !

BIDOIT

Allez vite chercher mon capitaine ou nous sommes perdus *(Il pleure).* Oh ! mille noms de noms ! quel sale fourbi, que celui de magnétiseur !

JUSTINE, *à Bidoit.*

Vous êtes un assassin !

BIDOIT

Allez ou je vous tue ! *(Il la menace avec une chaise).*

JUSTINE, *se sauvant en criant.*

Ah ! je me sauve ! quel bandit ! *(Elle sort par le fond).*

BIDOIT

Que vais-je devenir ? Quelle situation !... Réveillez-vous, je vous en supplie... je serai condamné à être fusillé à perpétuité et même davantage ! *(On entend la voix du capitaine).* Mon capitaine, je suis perdu, je n'ai plus qu'une chose à faire pour me sauver, c'est d'essayer de l'endormir aussi, où me fourrer !... Ah ! là sous la table. *(Il se cache sous une table au fond à droite.)*

SCÈNE XV

M. et Mᵐᵉ Pintade, Bidoit, le Capitaine.

Mise en scène :

Mᵐᵉ P. (1) C. (2) B. (3) P. (4)

CAPITAINE, *entrant.*

Bonjour, ma mère !.. Bonjour, mon père !.. eh bien, vous ne répondez pas ?

BIDOIT, *faisant des gestes derrière le capitaine.*

Y a pas moyen, je suis perdu !

CAPITAINE, *se retournant.*

Ah çà ! que fais-tu là, toi ?

BIDOIT

Je voulais vous endormir... *(Pleurant).* Grâce, mon capitaine, grâce !

LE CAPITAINE

Qu'as-tu donc, triple buse !

BIDOIT, *à genoux.*

Je suis un scélérat, un criminel !

CAPITAINE

Mais qu'y a-t-il ?

BIDOIT

Voilà, j'ai voulu faire de la magnésie et j'ai endormi vos parents et je les ai hypnotisés malgré moi !

CAPITAINE, *lui prenant l'oreille.*

Mise en scène.

B. (1) C. (2) Mme P. (3) P. (4)

Ah ! mon gaillard, ton affaire est claire ? et que faisaient mes parents quand tu as fait cela ?

BIDOIT

Ils jouaient au bésigue...

CAPITAINE

Eh bien, laisse-moi faire, ils ne s'apercevront de rien. *B. (1) C. (2) Mme P. (3) P. (4) (à ses parents)* Allez vous asseoir et jouez. *(M. et Mme Pintade vont s'asseoir).*

BIDOIT, *à part.*

Ça, c'est épatant !

CAPITAINE

Et maintenant, je vais les réveiller... mais, toi, mon gaillard...

BIDOIT

Ah ! capitaine, pardonnez-moi !

CAPITAINE

Soit : mais à une condition, c'est que tu ne parleras à personne des expériences que je ferai avec Justine la bonne.

BIDOIT

Vous pouvez compter sur moi ! allez !

CAPITAINE

Réveillez-vous, je le veux ! *(M. et Mme Pintade se réveillent).*

Mme PINTADE, *jouant.*

Atout !

BIDOIT, *machinalement.*

Je coupe !

CAPITAINE

Eh bien, ma mère ?...

Mme PINTADE, *se retournant.*

Mon fils !

PINTADE

Mon garçon !..

Mme PINTADE

Comme tu as été long à venir ?

PINTADE

Oui, au fait, ainsi moi quand j'étais au régiment.

BIDOIT, *au public.*

Retourne-y et fiche-nous la paix !

CAPITAINE

Ne m'en veuillez pas du retard, une course très urgente...

SCÈNE XVI

LES MÊMES, **Justine.**

(Mise en scène finale).

B. (1) J. (2) C. (3) Mme P. (4) P. (5).

JUSTINE, *accourant.*

Je n'ai pas trouvé le capitaine ! Ah ! le voici ! *(A Bidoit).* Et les statues ?

BIDOIT, *la prenant à part.*

Je vous explicasserai ça dans votre cuisine. *(Au public).* C'est égal, je ne ferai plus d'expérience de magnétisme !

(Chœur final).

AIR : *(Refrain. Pour avoir la fille)*

Pour le magnétisme
Et pour l'hypnotisme
Donnez subito
Chacun un tout petit bravo !
Et selon l'usage
Faites du tapage
Puis, là chaque soir
Revenez tous en chœur nous voir !!

RIDEAU.

Vannes. — Imp, Lafolye, 2, place des Lices (1849-98).

www.ingramcontent.com/pod-product-compliance
Lightning Source LLC
Chambersburg PA
CBHW061425170626
46811CB00005B/2134